내일은 더 찬란하게 빛날 당신에게

사랑의 마음을 담아

_____ 드림

이영애 캘리그라피 시집

대경북스

첫 번째 시선은 언제나 너에게로…

고맙다!

길을 걷다가
일을 하다가
밥을 먹다가
책을 보다가

.

.

.

순간마다 만나는 사람들이 고맙다!는 생각으로 가득찬 날이 있었습니다. 하지만 가까이 바라보면 지쳤거나 힘들거나 우울한 얼굴을 마주하는 일은 어렵지도 적지도 않았습니다. 그런 생각을 했습니다. 만남, 배움, 사랑, 이별… 수

3

많은 문 앞에서 우리는 다른 사람들의 눈, 귀, 입, 손, 발을 신경쓰면서 사느라 정작 자신은 살피지도 못한 채 고단한 시간을 보내고 있는 것은 아닐까?

이야기해주고 싶었습니다.

너의 지침을 들어주는
너의 힘듦을 나눠주는
너의 아픔을 위로하는
너의 사랑을 응원하는
.

.

.

시를 짓고 감성을 담아 캘리그라피로 표현하였습니다.

이제는 첫 번째 시선이 언제나 너에게로 향하기를 소망합니다.

너를 먼저 바라보고

너를 먼저 알아주고

너를 먼저 기다리고

너를 먼저 사랑하고

.

.

.

우리 이렇게 했으면 좋겠습니다.

수없이 많은 문 앞에 서는 너가

너의 마음에 좋은 것을 따라

너이기를…

2024. 11. 11

짙은 가을날

누군가에게 행운으로 다가간 너를 위해

寫字寫志(사자사지)*

-인정 이영애의 캘리전을 축하하며-

도곡 홍우기
(서예가)

어딜 봐?

바로 너야

인정(仁井) 이영애(李英愛)의 '세상의 기준'이다. 짧지만 전해지는 이미지가 깊어 오래도록 여운이 남는다. "바로 너야"는, 아마 시인(詩人)이 처세(處世)의 기준(基準)으로 삼고 자신을 향하여 끊임없이 되새기는 소리일 것이다. 지금 직면하고 있는 영욕(榮辱)과 고락(苦樂) 그 모두가 바로 자신(自身)으로 말미암은 것인

---

* 글씨는 쓰는 것은 마음을 지면에 드러내는 것이다

데 "누구를 원망하고 누구를 허물하며 무슨 핑계를 대고 있는가?" "너 지금 최선을 다하고 있어?" "주변의 소중한 인연들을 하찮고 당연하다 여기는 건 아니지?" "지금 무엇을 하고 있어? 옳은 거야? 꼭 필요한 거야?" …… 끊임없이 묻고 답하며 많은 것을 생각하게 한다.

인정을 처음 만난 것은 2021년 3월이다. 당시는 코로나가 유행하였으므로 떠오르는 이미지가 마스크 위로 드러난 예쁘고 고운 두 눈이다. 그 후로 코로나의 위세가 꺾이고 모두 마스크를 벗을 때까지 얼굴을 볼 수 없었으니, 이를 통해 자신에 대한 엄격함을 잃지 않고 다른 사람에 대한 배려 또한 깊은 사람임을 알 수 있었다. '인정(仁井)'이라는 호(號)는, 성장 배경이 되었던 포천의 산정호수(山井湖水)에, 도움이 필요한 사람들에게 삶의 길을 모색해주는 일터에서의 역할을 담아본 것이다.

인정은 경기대학교 예술대학원에서 〈신영복 한글서예의 캘리그라피적 표현성 연구〉로 최우수논문상을 수상할 정도로 실력을 인정받은 작가요, 《선물처럼 내게로 온 사랑이라》, 《고마워 너라서》를 통해 알 수 있듯 캘리와 그림으로 자신의 시를 돋보이게 하는 역량(力量)있는 '포엠캘리그라피스트'다. 대부분의 시가 길지 않고 어려운 말을 사용하지도 않지만, 짧고 쉽고 담박한 글에서 진한 감동(感動)과 여운(餘韻)을 만들어 낸다. 따라서 인정의 시를 읽으면 우리가 평소 아무렇지도 않게 생각했던 소재들이 어느새 소중한 존재로 다가온다.

캘리그라피(Calligraphy)는 다양한 서사재료에 컴퓨터그래픽 회화까지 가미해가며 작가의 감정을 자유롭게 표현하고, 서예(書藝)는 원추형의 붓[毛筆]으로 먹이 번지는 화선지에 법첩임모과정(法帖臨摹過程)을 거치고 난 뒤 신중하게 발표하기 때문에 서로 다른 것처럼 보인다. 지필묵(紙筆墨) 또한 오랜 세월 다양한 시도 끝에 선택된 최선의 도구였으니, 서예는 이 최선의 도구에 사로잡혀 다변하는 현실적인 요구를 간과한 면이 있고, 캘리는 현실적인 요구에 순응하며 급작스럽게 유행하고 발전하다 보니 가벼운 맛이 있다.

처음에는 서법(書法)을 알지 못하니 고인(古人)의 명적을 찾아 익히지만, 형임(形臨)에 집착하고 고법에만 매달리다 보면 나의

본 모습을 잊어버릴 것이므로 아무리 노력해도 자연스러울 수 없다. 그러니 모양을 같게 하기보다 신채(神彩)가 드러나도록 하는 것이 최상이다. 그러므로 유희재(劉熙載)는 "글씨를 배우는 것[學書]은 신선을 배우는 것[學仙]과 통한다. 정신(精神)이 녹아든 [鎔化] 것이 최상이고 기상(氣象)이 녹아든 것이 다음이며 형태가 녹아든 것이 또 그 다음이다.[學書通于學仙 鎔神最上 鎔氣次之 鎔形又次之]"라고 하였다. 신선(神仙)의 고고(孤高)한 정신이 깊이 녹아들었다면 모습이 비록 속인과 같더라도 신선과 같을 것이고, 모습이 비록 신선과 같더라도 언행이 속인과 다르지 않다면 신선술에 미친 사람일 뿐이다. 이런 점에서 인정의 작품을 보면 우선 자신이 지은 시를 썼고 여기에 자신의 그림과 글씨로 그를 곁들였으니 일반 서가들이 부러워할 만한 솜씨가 아닐 수 없다.

모든 문학과 예술은 처음부터 문인(文人)과 예인(藝人)들에 의해 생겨난 것이 아니라 시대적인 필요에 따라 민간에서 생겨나고 유행하였다가 문인이나 예인에 의해 채집되고 격식이 갖춰져 독특한 장르로 발전한다. 서예와 캘리는 서로 보완할 부분이 많다. 다양하고 다채롭게 표현하는 캘리에서 받아들일 부분이 있고, 중후하고 정제된 서예에서 이제는 변화할 구석

이 있으니, 다르다고 거리를 두기보다 서로가 새롭게 발전하는 큰 전기(轉機)로 삼아야 서예도 부흥하고 캘리의 예술성도 그 지평을 달리할 것이다. 인정이 야심차게 준비하고 기획한 이번 전시는 그런 점에서 서단에 던져주는 메시지가 참으로 크다고 할 것이다.

갑진년 겨울이 오는 길목 근사재에서

진솔함과 따뜻함을 담아

이상현
(캘리그라피 작가)

살아가다 보면 누구나 마음에 작은 그늘이 드리울 때가 있습니다. 그 그늘 아래에 서면 아무리 아름다운 풍경도 쉽게 다가오지 않고 따스했던 기억조차 희미해지곤 합니다. 이영애 작가는 그런 순간을 깊이 이해하고 조용히 다가가 위로의 손길을 내밀 줄 아는 사람입니다. 이번에 출간된 이 책에는 세상에 전하고자 했던 진심과 따뜻한 공감이 고스란히 담겨 있습니다.

이영애 작가는 시를 짓고 그 속에 담긴 감정을 캘리그라피

11

로 표현함으로써 독자들에게 위로와 온기를 전하려 합니다. 시 한 줄 캘리그라피의 선 하나하나에는 삶에서 느낀 희로애락과 깊은 감정이 깃들어 있으며 그 시어들은 단순한 문장을 넘어 마음을 어루만지는 울림이 됩니다. 시어들로 표현된 캘리그라피 작품은 이러한 울림을 더욱 강렬하게 전달하여 독자들이 조용히 마음속 깊은 곳에서 감정을 느낄 수 있도록 돕습니다.

이 책은 단지 예쁜 글씨를 쓰고자 하는 것이 아니라 지치고 힘든 사람들에게 작은 위로의 손길을 전하고자 하는 마음을 담아냈습니다. 글씨의 선 하나하나 글자의 굴곡 하나하나에는 작가의 세심한 마음과 따뜻한 시선이 깃들어 있으며 우리가 쉽게 말로 표현하지 못하는 감정을 시각화하여 독자가 마치 그 감정을 조용히 들여다볼 수 있게 합니다.

시는 결코 화려하거나 장식적이지 않습니다. 오히려 담백한 문장 속에서 느껴지는 진솔함과 따뜻함이 있습니다. 그 진솔한 문장이 손끝에서 캘리그라피로 재탄생하는 순간 그 작품들은 단순한 텍스트와 이미지를 넘어 마음을 나누는 소중한

매개체로서 독자 한 사람 한 사람의 마음에 조용히 다가가려 합니다. 작가가 가장 바라는 것은 이 책이 누군가에게 작은 위로가 되어주는 것 그리고 그 위로가 한 줄기 희망으로 전해지는 것입니다.

이영애 작가는 자주 "나의 글과 캘리그라피가 단지 아름다움이 아닌 마음을 함께 나누는 공감이 되었으면 좋겠다."고 말합니다. 이러한 진심이 담긴 작품들은 비 온 뒤 맑아진 물처럼 우리의 마음을 깨끗이 닦아주고 숨겨진 감정들을 다정하게 끌어냅니다.

이곳에 담긴 시와 캘리그라피 작품은 삶의 작은 위로가 되어 고요히 우리 곁을 비추는 등불처럼, 잔잔히 흐르는 강물처럼 다가옵니다. 이 책이 독자들에게 힘든 순간마다 펼쳐볼 수 있는 작은 쉼표가 되어 따스한 여운과 온기가 마음에 닿기를 바랍니다. 부디 이영애 작가의 작품이 독자들의 마음속에 오래도록 다정하게 머물기를 바랍니다.

차례

여는글 | 첫 번째 시선은 언제나 너에게로… _3

축하글 | 寫字寫志(사자사지)_도곡 홍우기 _6

추천글 | 진솔함과 따뜻함을 담아_이상현 _11

1부 이제 쉬고 싶구나

무채색 사람 _20

선택하지 않은 선택 _22

개나리 _24

달팽이 _26

사연 _28

이치 1 _30

식은 커피를 마시며 _32

고마워 너라서 _34

산 _36

그리움은 탑이 되어 _38

천년초 _40

핑계 _42

만남 _44

사랑스런 초보 _46

꽃의 시절 _48

그날에 잊겠습니다 _50

뭐 먹지? _52

무궁화꽃이 피었습니다 _54

신발 _56

그리움이 걷는다 _58

혼밥 _60

사랑색 _62

침묵 1 _64

숙제 _66

그곳 나무야 _68

2부 그 삶 이렇게 무거웠나?

첫마음 _72

너의 의무 _74

사랑공식 _76

세월 _78

엄마의 자유 _80

어른옷 _82

숫자 프레임 _84

사랑 하나 간직하고
    산다는 것은 _86

초대 _88

사랑은 _90

세상의 기준 _92

밤 _94

오래된 기억 _96

숙명 _100

착한 사람 _102

잘 산다는 것 _104

행운 1 _106

오늘도 맑음입니다 _108

디딤돌 _110

마음이 바다처럼 _112

목적지 _114

사이 _116

인생 _118

좋은 생각 _120

동그란 세상 _122

3부 너를 듣고 사랑할 수 있었다

그림자 _126

친구 _128

보름달에게 _130

꿈 _132

바다 _134

엄마의 거울 _136

강아지풀 _138

머무르고 싶은 계절 _140

곱슬머리 _142

시가 있네 _144

겨울인생 _146

경청 _148

뒷모습 _150

안부 _152

살 수만 있다면 _154

그늘 아래 _156

운 좋은 날 _158

물방울에게 _160

동행 _162

생명 _164

카페 풍경 _166

어찌 행복하다

　　말하지 않으리 _168

거짓말처럼 _170

이름 _172

침묵 2 _174

그렇게 해요 _176

4부 빛나는 행운 당신에게 있습니다

열망 _180

여념이 없다 _182

생일 _184

만약에 _186

행운 2 _188

소망 _190

꿈에게 _192

소나무 _194

다짐 _196

나비 _198

마음이 늙지

    않게 하소서 _200

성장통 _202

삶은 아름다운

    곡선이다 _204

숲 _206

꿈일까 사랑일까 _208

존중 _210

당신책 _212

희망 _214

들꽃 _216

소풍 _218

봄 _220

카페라떼 _222

이치 2 _224

모든 문 안에

    행운은 있다 _226

마침표 _230

1부

이제 쉬고 싶구나

무채색 사람

언제부터였을까
가지고 있던 나의 색이
하나씩 지워지고 있었다

바람 부는 날 지워지고
꽃잎 날리는 날 지워지고
낙엽 떨어지는 날 지워지고

그렇게 무채색 사람이 되고 있었다

이제는
하나둘 색을 칠하고
나에게 어울리는 색을 찾고 싶다

언제부터였을까
가지고 있던 바이색이
하나씩 지워지고 있었다
바람부는 날 지워지고
촛불 흔들리는 날 지워지고
눈물 떨어지는 날 지워지고

그렇게
무채색 사람이 되어 있었다
이제는 하나를
색을 칠하고
나에게 어울리는
색을 찾고 싶다

선택하지 않은 선택

오늘은
너무 깊은 고민하지 않으렵니다
이것저것 비교해보는 수고도 하지 않겠습니다
더하고 빼고 복잡한 셈은 더욱이 하기 싫습니다

오늘은
강물 위에 내려앉은 나뭇잎이 되려 합니다
나뭇잎이 강의 물길에 몸을 맡기듯 말입니다

오늘은 그저
선택하지 않은 선택이
행운을 가져다줄까?
믿고만 싶은 하루를 걸고 있습니다

오늘은
강물위에
내려앉은
나뭇잎이
되려
합니다
나뭇잎이
강의
물길에
몸을 맡기듯
맡깁시다

개나리

시린 겨울밤을 등지고
따스한 봄바람 타고 내려와
돌담 위 한가득 별들이 총총 박혀 빛나는구나

바쁜 세상살이로
밤하늘에 눈길 한번 주는 이 없어
별똥별로 울다 지쳐 내려왔구나

이 봄
기다리고 기다렸구나

이봄기다리고기다렸구나
별똥별고요롭다지쳐내려왔구나
밤하늘에눈길한번주는이없어
빛나는구나바쁜세상살이로
돌담우한가득별들이총·박혀
따스한봄바람타고내려와
신겨울밤을두지고

달팽이

느림느림
제 하고 싶은 일 하고 있다

느림느림
제 가고 싶은 길 가고 있다

느림느림
달팽이처럼 보일지라도

느림느림
나 하고 싶은 일 하고 있다

느림느림
나 가고 싶은 길 가고 있다

느림느림
달팽이처럼 보일지라도

사연

찻길 위 비둘기 세 마리가
줄지어 건너가고 있다

날아가면 될 것을
왜 걷고 있는지
그 속내는 알 수 없다

내가 잠시 멈추고
내가 기다리면 그만이다

이유 없지 않을테니까

날아가면
돌아갈것을
왜 달라 있는지
그 뜻 내는
알 수 없다
내가 잠시
멈추고
내가 기다리면
그만이다
이유 없지 않을 테니까

구름도 흘러가고

강물도 흘러가고

세월도 흘러가고

사람도 흘러간다

.

.

.

나는

너에게로 흘러간다

식은 커피를 마시며

뜨거운 커피를 마시며
조심 조심 너에게 다가간다

뜨거운 커피를 마시며
조금씩 조금씩 너를 알아간다

식은 커피를 마시며
화들짝 놀라는 나를 본다

뜨거운 커피를 마시며 조금 조금씩 너를 알아간다

너의 발걸음이

잠든 새벽을 깨우는구나

너의 가슴은

낮의 태양보다 더 뜨겁구나

너의 눈동자는

밤의 달과 별들과 함께 빛나는구나

고마워

너라서

산

산을 올라간다는 것은
산을 내려간다는 것이다

기억하겠습니다

삶을 간직 삶 내간 것 기
을 주는 은 을 려 탄 이 억
하겠습니다

그리움은 탑이 되어

오늘도
쌓는다

어제보다
한층 더 높이 올라간
그리움의 탑을

얼마큼 더 쌓아 올리면
그 사랑이 올까

그리움은 탑이 되어
높아만 가
저 하늘에 닿아
눈물이 내리기 전에

그 사랑이
오면 좋겠습니다

천년초

지난 여름
타들어 가는 듯한 폭염에
네가 죽는가 했다

장마철
쏟아부은 빗물에 잠겨
네가 죽는가 했다

살을 에일 듯한 칼바람 불어치는 겨울
네가 죽는가 했다

이 봄
언제 그런 날 있었는지 모르게
수줍은 꽃망울 터뜨리고 노란꽃 활짝 피우는구나

이 가을
여린 가시옷 하나로
그 힘듦과 고통을 꿋꿋이 견디고 붉은 열매 익어가는구나

무엇이 너를
그토록 강하게 만들었는가

천년의 그리움인가

그리움인가
천년의
피우는고나
활짝 꽃
노란꽃
떨뜨리고
꽃망울
수줍은
모르게 봄은
있었는지
그런
언제
이 봄날

핑
계

바쁘다는 핑계로
목소리가 희미해지고 있다

잠시 멈추고
전화하자

엄마!

바쁘다는 핑계로
목소리가 희미해지고 있다

만남

짙은 회색빛 구름이
콘크리트 덩어리 위에 걸터앉아 있다

금방이라도
속울음이 터져 비가 쏟아질 것만 같다

많이 지쳤구나
그만 내려놓고 싶구나
이제 쉬고 싶구나

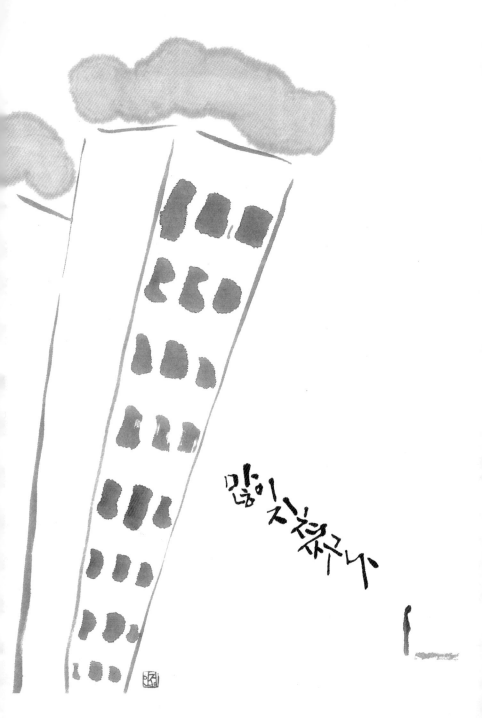

많이 지쳤구나

사랑스런 초보

운전초보
엄마초보
요리초보
노래초보
강의초보
발표초보
사회초보

초보 시절 없이
초보 딱지 뗀 사람 그 어디에도 없어요

그러니 기죽을 필요 없어요

언젠가는 초보 시절 회상하며
미소 지을 날 있을테니까요

그러니 용기를 내요

초보

초보시절 없이
초보딱지 뗀 사람
그 어디에도
없어요 그러니
기죽을 필요 없어요

이영애

꽃의 시절

꽃의 시절은 짧디짧다
삶의 시절도 짧디짧다

내가 꽃인가
꽃이 나인가

그날에 잊겠습니다

들판 위 달리는 말이
홀연히 날개 펴 날아오르는 날
그날에 잊겠습니다

찬란한 햇살 쏟아지는 하늘에
별들이 총총히 빛나는 날
그날에 잊겠습니다

뜨거운 여름 불볕더위에
나뭇가지마다 눈꽃이 피는 날
그날에 잊겠습니다

거센 파도가 길길이 솟아올라
파란 하늘에 닿는 날
그날에 잊겠습니다

그날에
잊겠습니다

물들어 야무졌다

뭐
먹
지
?

아침에 일어나자마자
냉장고에게 묻는다
뭐 먹지?

점심이 되기도 전에
메뉴를 선택한다
뭐 먹지?

점심을 먹고 마시면서
저녁을 생각한다
뭐 먹지?

잠자리에 들면서
내일 아침을 걱정한다
뭐 먹지?

인생 최대의 고민이다
뭐 먹지?

음식 천대가 깨이다 뭐랬지?

무궁화꽃이 피었습니다

술래가 되고 싶다

무궁화꽃이 피었습니다

뒤돌아보니

모든 것이 멈췄다

쉬고 싶다

신발

넌 짝이 있구나
항상 같이 있구나

넌 짝 없이는
어디에도 못 가는구나

빗길에 젖어도
같이 젖고

눈길에 빠져도
같이 빠지고

그 어디든 같이 있구나

짝 없이는
어디에도 못 가는 넌
언제나 같이 있구나

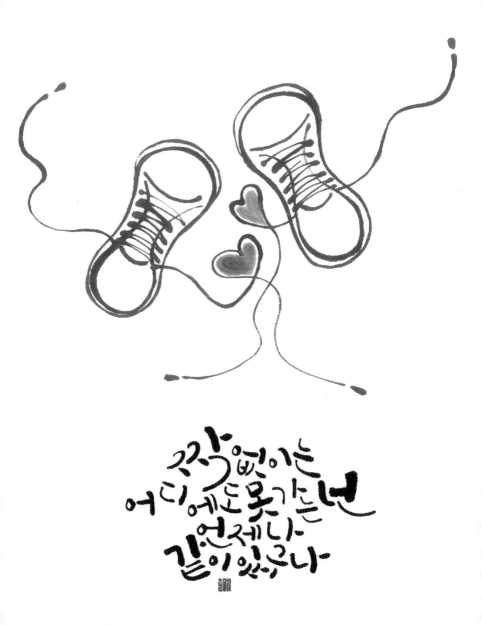

끈 없이는
어디에도 못가는 너
언제나
같이 있구나

그
리
움
이

걷
는
다

은행나무 사잇길을
걷고 있는 것은
내가 아닌 그리움이었다

아름다운 선율이 흐르는 카페에서
마시고 있는 것은
커피가 아닌 그리움이었다

책방에서 책장을 넘기고
읽고 있는 것은
글이 아닌 그리움이었다

오늘도
그리움이 걷는다

혼밥

그 식당 밥이
세상 맛없다

식당 주인에게
주방장이 바뀌었는지 물었다

바뀌지 않았다

고개를 들어보니
그 누구도 없었다

그날
세상 맛있는 밥을
힘겹게 먹었다

이 세상에 먹었던 그 많은 그릇에 맛있는 밥을

61

사랑색

핑크색?
빨간색?
회색?
하얀색?
파란색?

사랑은
핑크색을 띠고 다가왔다

오래지 않아
사랑색은 변하고 변했다

그야말로
변화무쌍하기가 그지없다

언제나
핑크색으로 칠할 수 없는 것이
사랑인가?

지금 내 사랑은
무슨 색일까?

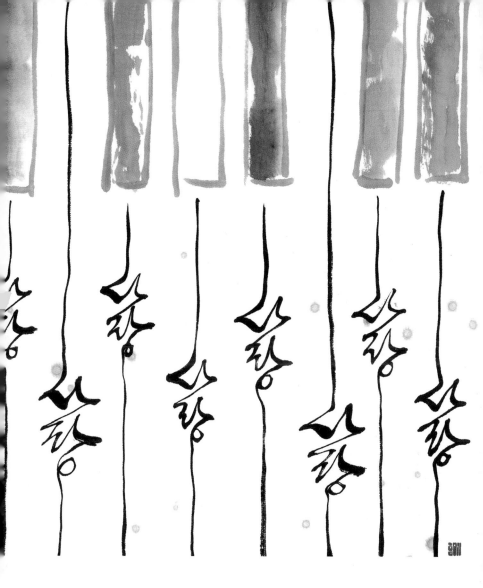

침묵
1

어 그래

별일 없지?

네…

밥은 드셨어요?

그럼 진작에 먹었지

어디 아픈 곳은 없으세요?

괜찮어

내 걱정은 하지 말고

항상 즐거운 마음으로 행복하게 살아야 해

네…

.

.

.

아버지

사랑합니다

10대가 물었습니다
선생이여
제가 좋아하는 것이 무엇일까요?
제가 잘할 수 있는 것이 무엇일까요?

20대가 물었습니다
선생이여
제가 좋아하는 것이 무엇일까요?
제가 잘할 수 있는 것이 무엇일까요?

30대가 물었습니다
선생이여
제가 좋아하는 것이 무엇일까요?
제가 잘할 수 있는 것이 무엇일까요?

40대가 물었습니다
선생이여
제가 좋아하는 것이 무엇일까요?
제가 잘할 수 있는 것이 무엇일까요?

50대가 물었습니다
선생이여
제가 좋아하는 것이 무엇일까요?
제가 잘할 수 있는 것이 무엇일까요?

60대가 물었습니다

선생이여

제가 좋아하는 것이 무엇일까요

제가 잘할 수 있는 것이 무엇일까요

그곳 나무야

대단하다

어떻게 지금까지
그 자리 버티고 서 있는 거니?

매섭게 불어치는 눈보라의
야멸찬 냉대를 견뎌내고

맹렬히 타오르는 태양의
뜨거운 눈총을 받아내고

세차게 몰아치는 비바람의
앙칼진 채찍을 참아내고

어떻게 지금까지
그 자리 지키고 서 있는 거니?

그곳 거기
푸르른 나무야

다시말하다 지금까지 그자리에 버티고 서 있는게니?

매섭게 몰아치는 눈보라의 야멸찬
매운 칼날을 견뎌내고

맹렬히 타오르는 태양의 뜨거운 눈총을
받아내고

세차게 몰아치는
비바람의 암팡진 채찍을
참아내고

어떻게 지금까지 그자리에 지켜고
서 있는게니?
그곳에 기푸르른 나무야

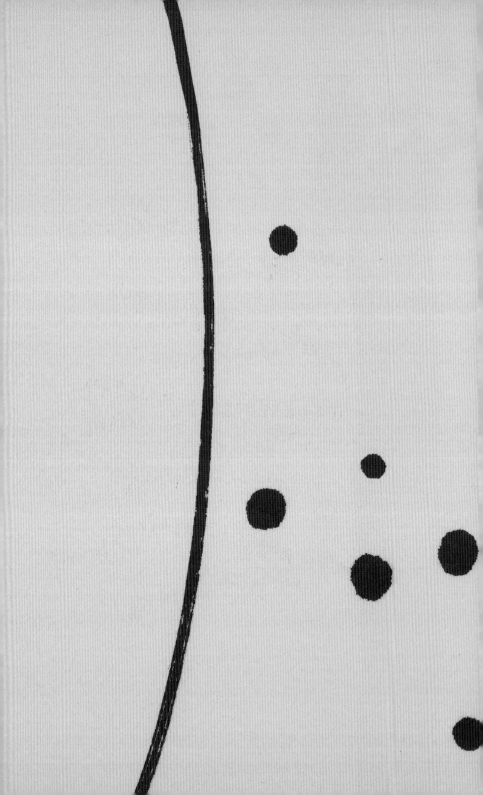

2부

그 삶

이렇게 무거웠나?

첫마음

첫마음이
아이스크림이다

잘하겠다는
차가운 이성이었다가

행복하겠다는
달콤한 상상이었다가

단단하겠다는
다부진 각오이었다가

첫마음이
시나브로 녹아내린다

오늘 밤
첫마음을
다시 냉장고에 넣어두고 자야겠다

당신의 꽃마음 안녕하신지요?

73

너
의
의
무

하나,
너에게 세심한 관심을 가질 것

둘,
너에게 좋은 꿈을 찾을 것

셋,
너 자신을 가장 먼저 믿을 것

넷,
지금 이 순간 누구보다도 행복할 것

다섯,
너에게 또다시 기회를 줄 것

여섯,
너를 있는 힘껏 사랑할 것

일곱,
너에게 다가간 행운을 알아차릴 것

지금부터
너의 의무를
성실히 이행해야 한다

사랑공식

사람이 산다는 것은
인생을 살아간다는 것입니다

인생을 살아간다는 것은
사랑을 한다는 것입니다

사랑을 한다는 것은
사람이 산다는 것입니다

그래서
사람은 사랑입니다

세월

그 학교
이렇게 가까웠나?

그 언덕
이렇게 낮았나?

그 길
이렇게 좁았나?

그 시간
이렇게 짧았나?

그 삶
이렇게 무거웠나?

그걸
이렇게
무거웠나?

엄마의 자유

아침밥 대신
일요일 아침 늦잠을 잔다

점심밥 대신
동네 한 바퀴 돌아 점심 맛집을 찾아간다

저녁밥 대신
해질녘 저녁노을 위에 어린 날의 추억을 그린다

소심한
우리 엄마의 자유

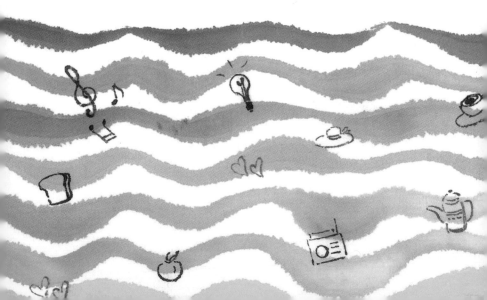

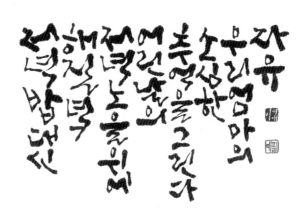

어른옷

어느덧
어른옷으로 갈아입었습니다

어른옷을 입으면
자유롭게 날아오를 수 있을 것만 같았습니다

오래지 않아
어른옷은 무거워지기 시작했습니다

하루하루
선택해야 할 일들이
어른옷 주머니에 하나둘 담겨가고

책임은
어른옷 어깨에 올라앉아
왕 노릇 했습니다

때로는
힘들고 지쳐서
어른옷을 벗어 던지고 싶었습니다
·
·
·

시간은 어른옷을 가볍게 만들까?

시간을
가볍게 웃으로
넘겨버릴순 없을까?

숫자 프레임

얼마나 많은
숫자 프레임에 자신을 가두고 있는가?

돈이 없어서
나이가 많아서
성적이 낮아서
거리가 멀어서

숫자 프레임에 갇혀
얼마나 많은 것들을 포기했는가?

숫자프레임에갇혀
얼마나많은 것들을 포기했는가?

사랑 하나 간직하고 산다는 것은

메마른 마음밭에 오아시스요
세상에서 가장 평안한 안식처요
어둠의 시간을 깨우는 빛이요
지친 마음이 호흡하는 숲이요

너를 간직하고 산다는 것은

너를 만져야 산다는 것은

지친 마음으로 피곤하는 숨이오

다툼의 시간을 깨우는 멋이오

세상에서 가장 평안한 안식처오

고요른 마음 밭이와 시오

초대

하늘은
파아란 바탕색을 칠하고
하얀 뭉게구름을 띄우네

산들은
푸르른 나뭇잎을 붙이고
진달래꽃을 달기 시작하네

강물은
햇살을 쏟아붓고
반짝이는 별들을 만드네

추운 겨울 뒤따라온 봄이
너를 맞이할 준비가 한창이다

어서
나와 봐

너의 봄이야

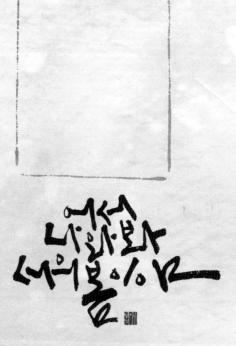

사랑은

아껴주는
받아주는
기다려주는
지켜주는
들어주는
기도해주는
함께 기뻐해 주는
같이 울어주는

사랑은
주는 것이 맞나 봅니다

사랑은 주는 것

사랑은
주는 것

기다려 주는
믿어 주는
알아 주는

느껴 주는

베풀어 주는

그냥 곁에 있어 주는

한번 안아 주는

주는 것

손잡아 주는

기도해 주는

들어 주는

희망을 주는

꿈을 주는

용기를 주는

행복을 주는

따뜻하게 웃어 주는

감싸안아 주는

91

세상의 기준

어딜 봐?

바로 너야

밤

밤은 언제 오는가?

의지를 담은
너의 눈동자를 태우고
이내 밤이 온다

열정으로 가득 찬
너의 손가락을 태우고
이내 밤이 온다

희망을 노래하는
너의 목소리를 태우고
이내 밤이 온다

결연한 마음은
너의 발목을 태우고
이내 까만 밤이 온다

비로소 밤을 기댄다

비람는 밤을기선긴ᅳ

오래된 기억

비가 온다

날씨입니다
하늘이 흐리고 구름은 많겠지만
무더위는 계속되고 있습니다
현재 중부지방 곳곳에 비가 이어지고 있는데요
이 비는 오전까지 더 내리겠습니다

비 오는 날
TV 속 어여쁜 사람이 맑은 얼굴로
비 예보를 전할 때마다 어린 마음이 달려가곤 했다

비가 오는 곳과
비가 오지 않는 곳
그 중간에 두 팔 벌려 서고 싶다

한쪽 팔은 비를 맞고
한쪽 팔은 비를 맞지 않는
그 사이에 서 있고 싶다

어린아이 마음처럼
비는 내리지 않는다는 것을
머지않아 자연스럽게 알 수 있었다

비가 내리는 곳
비가 내리지 않는 곳

그리고
비가 지나가는 곳이 있을 뿐이라는 것을…

오래된 기억

비가 뿌리는 곳

비가 뿌리지 않는 곳

그리고 비가 지나가는 곳

나쁜 꽃은 없는 것을~…

숙명

아픔 없는
사랑이 아니었습니다

이별 없는
사랑도 아니었습니다

상처 없는
사랑도 아니었습니다

그래도
사랑합니다

그대 오사랑합니다

착한 사람

나는 착한 사람이 좋습니다

나 힘들까
마음 불편해하는 사람

나 아플까
밤새 뒤척이는 사람

나 기쁘니
세상 행복해하는 사람

나 슬프니
마음 어두워지는 사람

나는 그런 착한 사람이 좋습니다

나는 착한 사람이 좋습니다

잘 산다는 것

오늘 하루
작은 것 하나
배웠다면

오늘 하루
작은 것 하나
도움이 되었다면

오늘 하루
작은 것 하나
감사했다면

당신은
오늘 하루
잘 산 것입니다

오늘하루
작은것하나
감사했다면
당신은
오늘하루
잘산것입니다

행운 1

행운은
찾는 것이 아닙니다

행운은
가꾸는 것입니다

꽃피는 행운
당신에게 있습니다

오늘도 맑음입니다

오늘
하늘이 우울해
잿빛 구름 뿌려 놓아도
내 마음은 맑음입니다

오늘
하늘이 슬퍼서
비를 내릴지라도
내 마음은 맑음입니다

꿈을 안고
오늘을 만나는
나는 맑음입니다

꿈을 안고
오늘을 만나는
나는 맑음입니다

디딤돌

우리는
서로가 서로에게
디딤돌입니다

혼자서
꿈을 이룰 수 있다는 마음을
생각보다 빨리 내려놓았습니다

생각하면
홀로 꿈으로 가고 있는 것이
아니었습니다

발걸음을 멈추고 돌아보니
꿈으로 가는 길 위에
언제나 동행하는 아름다운 사람들이 있었습니다

우리는
서로가 서로에게
고마운 디딤돌입니다

마음이 깊네
바다처럼

마음이 넓네
바다처럼

마음이 품네
바다처럼

당신 마음은
바다를 닮았네

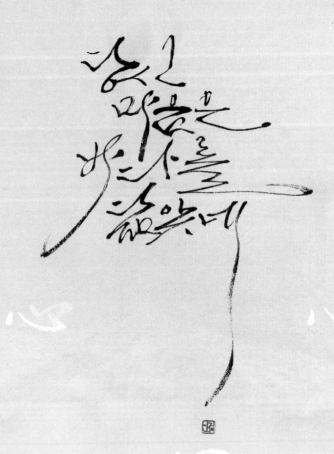

목적지

지하에서 잠든 차를 깨우고

밖으로 끌고 나왔다

이른 아침부터 편도 사차선 위의 행렬은 장관이다

앞서거니 뒤서거니

각자의 갈 곳을 향해 달린다

가속도를 붙이고 앞차를 추월한 차는

밤새 내린 큰비로 깊게 파인 웅덩이에 빠져 휘청거린다

신호등 앞에서 푸른빛이 번쩍이기라도 하면

서로 앞다투는 경주마가 된다

내일의 목적지는 서로 다르지 않을진대…

내일의
목적지는
서로 다르지
않을 거다...

사
이

어쩌다
피고

어쩌다
지는

그
사이

우리는
오직
사랑에 목숨을 건다

인생

일, 이, 삼, 사…
하나, 둘, 셋, 넷, 다섯…

문득
숫자에 이름을 달고 싶었다

1은 혼자
2는 사랑
3은 완성
4는 일
5는 꿈
6은 열정
7은 행운
8은 영원
9는 성공
0은 빈손

결국
빈손이었다

좋은 생각

오늘을
만난 건 행운이다

너와 함께
있는 건 더없는 행복이다

오늘을
만난건
행운이야

내가 사는 지구별은
동그랗다

나를 깨우는 태양별도
동그랗다

나를 지키는 달별도
동그랗다

나를 사랑하는 너의 마음별도
동그랗다

내가 사는 세상은
따뜻한 동그라미가 많다

좋다

둥그랗다
마음별는 둥그랗다는
동그랗다
날을 깨우는 태양별느
날을 지키는 달별느
날을 사랑하는 너의
내가 사는 진구별은 둥그랗다

내가 사는 세상은 둥그란 동그라미가 많다 좋다

3부

너를 듣고

사랑할 수 있었다

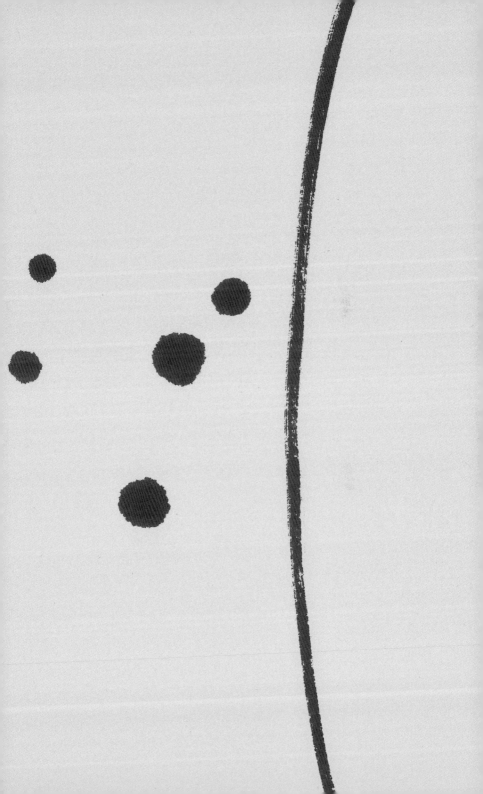

그림자

외로움이 치닫는 날이다
외롭고 외로워서
몸뚱이를 끌고 나가 햇볕 아래 두었다
햇볕은 이내 내 그림자를 불러내었다
내 그림자에게 외마디를 건넸다

.

.

.

안녕

내그림자에게 피가 도는 그림자 … 안녕

햇볕은 이내 내그림자를 불러냈다

끌고나가 햇볕아래두었던

괴롭고 괴로워던 몸뚱이를

괴로움이 치닫는 날이다

내 발걸음 소리에 맞춰
풀벌레가 노래한다

풀벌레의 노랫소리가
슬프게 들린다

괜찮은 척
담담히 걸었지만
풀벌레는 내 마음을 아는 듯하다

내 마음 따라
노래하는 풀벌레에게 위로를 받는다

내 마음 따라
노래하는 풀벌레가 친구가 되는 날이다

그건 참으로 적
감당히 멀어지지만
흔들리는 내 마음을 아는듯하다

보름달에게

당신의 꿈을
완전하게 이루었군요

쉼 없이
빛을 채우고 채운
당신의 수고가
결코
쉽지 않은
시간들의 채움이었으리라

드디어
완전한 꿈을 이룬
당신에게 소원합니다

이제
나의 꿈을 만나게 해주세요

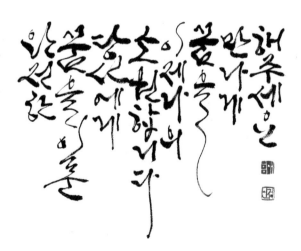

꿈

꿈을 만나는
나를 만나고 싶다

꽃들은 날마다 나를 맞이하고 꽃들은 날마다 나를 맞이하고 꽃들은

바다

나는
당신의 깊이를
헤아릴 수가 없습니다

나는
당신의 넓이를
가늠할 수가 없습니다

당신은
잔잔한 물결로 속삭입니다

당신은
때때로 거센 파도로 외칩니다

그래도 나는
아직 당신을 알 수가 없습니다

그래서 나는
당신을 더 많이 사랑해야겠습니다

엄마의 거울

엄마의 거울이
나였음을 이제야 알았습니다

내가 함박웃음 지을 때
그제야 엄마 얼굴에 웃음꽃이 피어납니다

내가 슬픔으로 눈물 흘릴 때
이내 엄마 얼굴에 어두운 그림자가 드리워집니다

엄마의 거울이
행복해야 하는 이유를
이제야 알았습니다

강아지풀

여름이다

작열하는 태양에도
들이치는 거센 비바람에도

가녀린 줄기 하나 꺾이지 않고
꽃을 피우고도
풀이라 불리는구나

애처롭다

꽃이 되고도
그 어느 누가
꽃으로 보아주지 않는 네가

애처롭다

나지막이 너를 불러본다
어여쁜 강아지꽃아

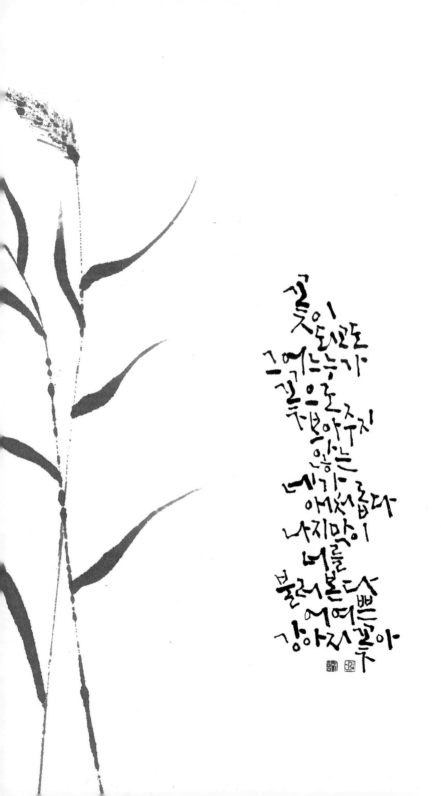

머무르고 싶은 계절

누구나
머무르고 싶은 계절이 있습니다

그 계절이 지났다면
간직하고 싶은 추억입니다

그 계절을 꿈꾼다면
다시 살아갈 희망입니다

곱슬머리

곱슬머리는 잘못이 없다
곱슬곱슬하게 태어난 것뿐이다

아침마다
차분함을 위해
뜨거운 바람에 눈을 질끈 감는다

가끔은
아름다움을 위해
타는 듯한 고통을 견딘다

비 오는 날에
공기 중의 작은 물방울들을 힘껏 끌어당긴다
조금씩 조금씩
있는 그대로의 모습을 찾아간다

있는 그대로의 모습을 만나는 순간
자유하다는 것을 알았다

마침내 자유를 만난다

시
가
있
네

시가
한 사람의
마음을 흔드네

시가
한 사람의
마음을 안아주네

시가
한 사람의
마음을 다독이네

시가 내가 되고
내가 시가 되는

시가 있네

시가 내가 되고
내가 시가 되는
시가
있네

겨울인생

계절의 시작과 끝은

겨울입니다

인생이 그러합니다

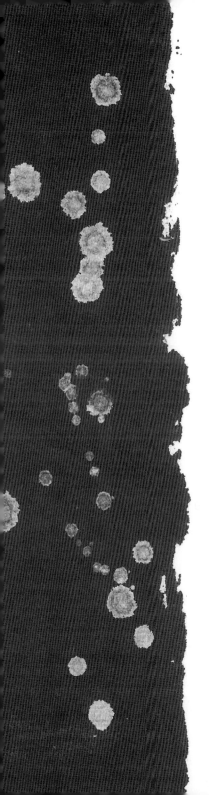

계절의
시작과 끝은
겨울입니다
인생이 그러합니다.

경청

너에게로
몸을 기울이고

너에게로
눈을 맞추고

너에게로
마음을 보내고

나는
너를 듣는다

너를 듣고
나는 너를 볼 수 있었다

너를 듣고
나는 너를 사랑할 수 있었다

너를 고르고 나는 너를 사랑 할수 있었다

뒷모습

괜찮아요

너무 걱정하지 말아요

잘 이겨내고 있어요

당신이 그 자리에 있잖아요

.

.

.

들키고 싶지 않은 아픔을

자기 앞에 두고

애써 웃어 보이는 뒷모습을 바라보다

눈이 젖는다

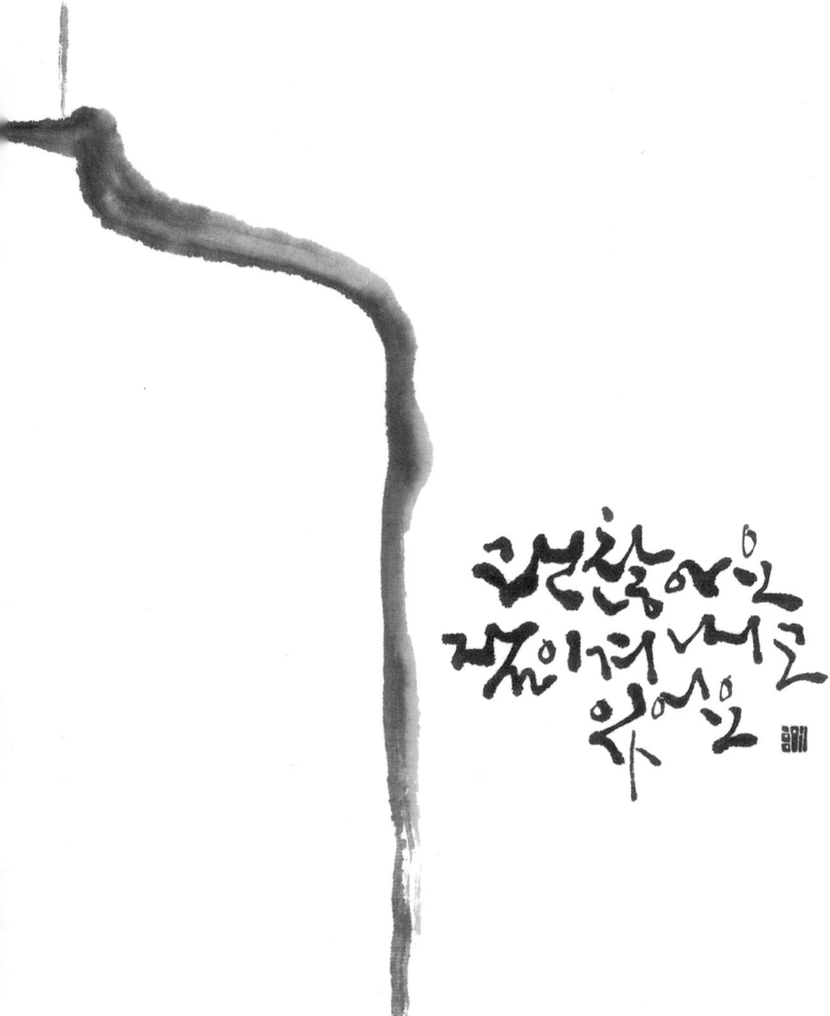
괜찮아요
잘 이겨내고
웃어요

안
부

당신이 잘 있다 하니

나도 잘 있는 것입니다

부디

행복하소서

행복하소서
부디
것입니다
나도잘있는
잘있다하니
당신이

살 수 만 있 다 면

그의 이름을 부르면
언제나 고운 미소로
웃어주는 사람이 있습니다

그의 이름을 부르면
언제나 밝은 목소리로
예쁜 말을 하는 사람이 있습니다

그의 이름을 부르면
언제나 따뜻한 마음으로
감사를 표현하는 사람이 있습니다

그의 이름을 부르고
그의 고운 미소와
그의 예쁜 말들과
그의 따뜻한 마음을 사고 싶었습니다

살 수만 있다면

힘겨울 때 나를 위해 환한 미소로 다독여주고

어려울 때 나를 위해 예쁜 말들로 위로해주고
낙심될 때 나를 위해 감사를
고백할 수 있을 것만 같았습니다

살 수만 있다면…

하늘

그늘 아래

산과 들은 형형색색 단장합니다

나무

그늘 아래

아이들의 웃음꽃이 만발합니다

당신

그늘 아래

나는 아름다운 세상을 만납니다

세상을 만났느니
너는 아름다운
당신 그늘아래

운 좋은 날

아침에 눈을 떴다
늦지 않게 일을 시작했다
점심 메뉴를 고민했다
나른한 오후 커피 타임을 가졌다
저녁 무렵 집으로 돌아왔다
잠자리에 들었다

오늘은
참 운 좋은 날이다

오늘은 참 좋은 날이다

물방울에게

너한테 어디까지 가 봤니?
지금 여기가 끝이라고 생각하는 건 아니겠지?
다시 가보자
너에게 가볼 수 있는 그곳까지 가보자

궁금하지도 않아?
바다로 만나게 될 네가 얼마나 근사할지

고래도 거북이도 숭어도 해마도 문어도
가오리도 소라도 조개도 새우도
꽃게도 산호도 불가사리도 갈매기도
너를 기다리고 있어

다시 힘내자

동행

괜찮아요?
안부 묻는 사람이 곁에 있다면

대단해요
칭찬하는 사람이 옆에 있다면

수고했어요
위로하는 사람이 함께 한다면

힘내요
응원하는 사람이 가까이 있다면

당신은 동행하고 있습니다

생명

보도블록 틈 사이를 뚫고
꽃이 피었다

꽃이 피기 전까지
꽃씨가 꽃이 되는 꿈을 꾸고 있다는 사실을
그 누구도 알지 못했다

누군가가 밟고 지나가는
보도블록 틈 사이 비좁은 공간에서
홀로 외로운 시간들을 이겨내고
시들지 않는 마음은 자신을 지켰다

끝끝내
허리 꼿꼿이 세우고
하늘 향해 웃어 보이는
아름다운 자신이 되었다

원컨대
너를 지켜라

아름다운자신이되었으니
한동안행복보이는
꽃들께허리꼿꼿이세우고
않는만모든자신을꽃처럼
사라들을에게나는꽃
공기피우오르고요로운
보드로움으로살이붐은
누군가봐고지나가는

카페 풍경

테이블마다
이야기꽃 피어나네

테이블마다
웃음꽃 피어나네

테이블마다
열정꽃 피어나네

테이블마다
행복한 소란이 피어나네

어찌 행복하다 말하지 않으리

눈이 시리도록 파아란 하늘이 미소 짓는데
어찌 행복하다 말하지 않으리

부드러운 바람이 두 뺨에 입맞춤하는데
어찌 행복하다 말하지 않으리

따사로운 햇살이 뒤따라와 안아주는데
어찌 행복하다 말하지 않으리

나무들은 노을빛 드리우고 반기는데
어찌 행복하다 말하지 않으리

이 가을하늘 아래 이렇게 서 있는데
어찌 행복하다 말하지 않으리

어찌 행복하다 말하지 않으리

가을 하늘아래 이렇게 섰는데

단풍들은 노을빛 드리우고 반기는데
어찌 행복하다 말하지 않으리

따사로운 햇살이 뒤따라와 안아주는데
어찌 행복하다 말하지 않으리

부드러운 바람이 두 뺨에 입맞춤하는데
어찌 행복하다 말하지 않으리

눈이 시리도록 파아란 하늘이 미소짓는데
어찌 행복하다 말하지 않으리

거짓말처럼

거짓말처럼 만난다
거짓말처럼 떠난다
거짓말처럼 다툰다
거짓말처럼 아낀다
거짓말처럼 아프다
거짓말처럼 낫는다

우리는
거짓말처럼 사랑을 한다

우리는 거짓말처럼 사랑을 한다

이름

너의 이름은
추운 겨울 뒤에 피어나는
봄꽃이라

너의 이름은
어두운 밤하늘 위에 빛나는
별빛이라

너의 이름은 추운 겨울뒤에
피어나는 봄꽃이라 너의
이름은 어두운 밤하늘위에
빛나는 별빛이라

침묵
2

어 그래

별일 없지?

네…

밥은 드셨어요?

그럼 진작에 먹었지

어디 아픈 곳은 없으세요?

괜찮어

내 걱정은 하지 말고

항상 즐거운 마음으로 행복하게 살아야 해

네…

.

.

.

딸아

미안하다

그
렇
게
해
요

눈물이 빗물처럼 흐른다면
마음껏 울어요
그렇게 해요

슬픔이 파도처럼 밀려든다면
마음껏 슬퍼해요
그렇게 해요

그리움이 노을처럼 물든다면
마음껏 그리워해요
그렇게 해요

눈물은
당신을 안아주는 따뜻한 위로가 되고

슬픔은
그 끝에서 새로운 문을 만나게 되고

그리움은
살아갈 이유가 될 테니까요

그렇게 해요

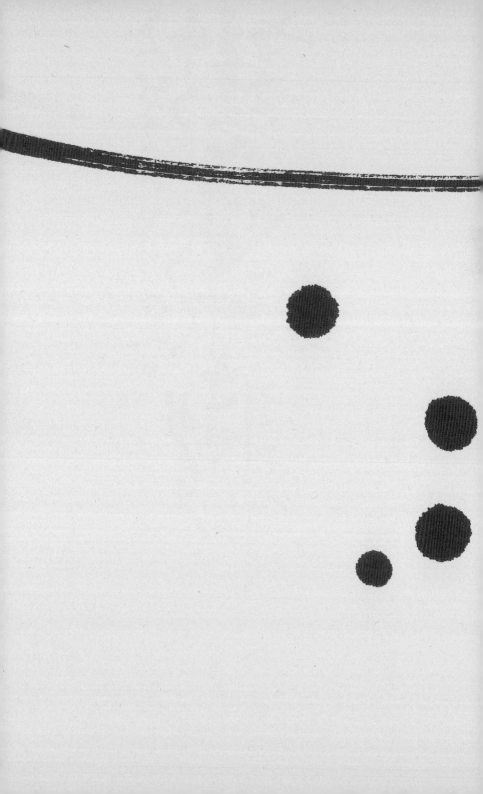

4부

빛나는 행운

당신에게 있습니다

열망

어제와 다르지 않은 일상들이 지나고 있다

적당히 분주한 아침이 시작되고

어색한 얼굴은 사람들 사이로 흐르고

예기치 못한 당황스러움은 구름처럼 흩어지고

빵 굽는 냄새는 시장 골목길로 바쁘게 번지고

야채 가게 아저씨는 고구마가 맛있다 하고

창밖의 흐린 풍경은 소란스럽고

특별할 것 없는 시간들 사이로

떠나지 않는 마음이 여전히 타오른다

지난 밤에 애별리고

여념이 없다

하늘
바람
햇빛
흙은
나무와 꽃들과 새들을 키우는 데
여념이 없다

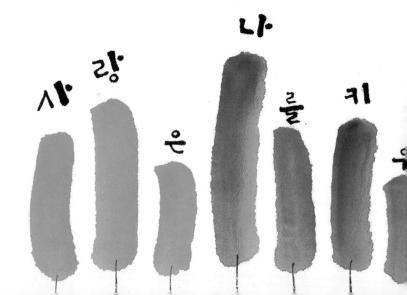

사랑은

나를 키우는 데

여념이 없다

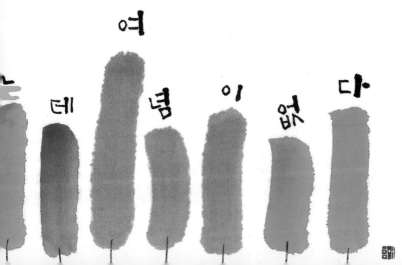

생
일

당신이

이 세상에 태어나

세상 누군가가 살아갈 희망을 품었습니다

당신이

이 세상에 태어나

세상 누군가가 사랑할 용기를 가졌습니다

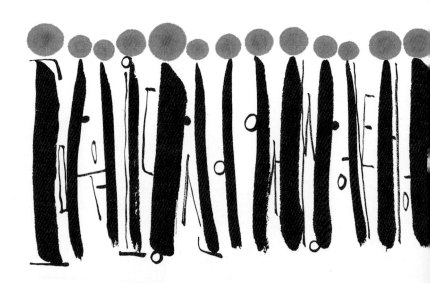

고마워요

당신이
이 세상에 태어나
세상 한 켠이 아름다워졌습니다

축하해요

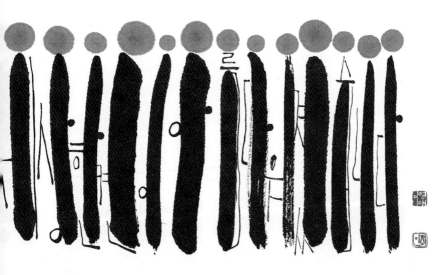

만약에

네가 강이라면
나는 송어

네가 산이라면
나는 아까시나무

네가 바다라면
나는 돌고래

이것이
내가 너에게 사는 마음이다

너바다 나들이 내 너 사이 마
가 다가 너는 로 것 가 게는 음
라 는 곰 구 ㅣ 나
면 래

187

행운 2

행운은
기다리는 것이 아닙니다

행운은
알아차리는 것입니다

빛나는 행운
당신에게 있습니다

봄날은 햇볕 당신께 왔습니다

189

소망

비바람에
낙엽이
이리 구르고
저리 구르고

세파에
나는
이리 구르고
저리 구르고

낙엽도
나도
멈추는 그곳
아름드리 나무 되리라

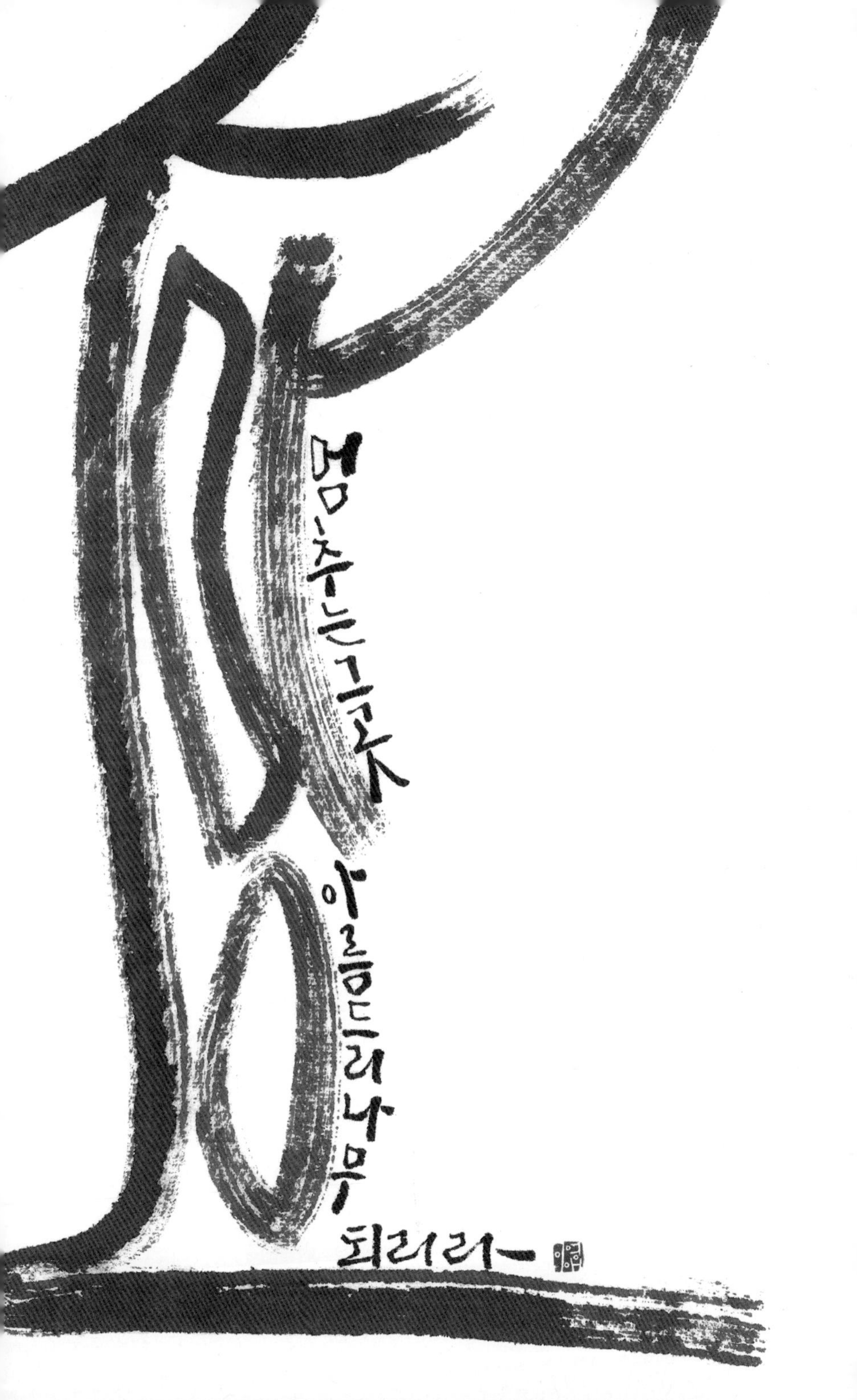
멈추는 곳 아름드리나무 되리라

꿈에게

꿈아
거기 잘 있니?

어디 안 가고
거기 있는 거 맞지?
지쳐버린 건 아니지?

나도
너에게 빨리 가고 싶어

오늘도
나름대로 애쓰고 있어

때로는
마음처럼 되지 않기도 해

그래도
너에게 가는 길을
포기하지 않을 거야

꿈아
기다려 줄 거지?

꿈을 향해 가는 길을 포기하지 않을 거야

소나무

소나무는 푸른 옷을 갈아입지 않네
태양신의 속삭임에도 아랑곳하지 않네

소나무는 푸른 옷을 벗지 않네
동장군의 입김에도 넘어가지 않네

소나무는 푸른 옷을 단장한다네
어제처럼 오늘도

소나무는 푸른 옷을 단장하겠지
오늘처럼 내일도

언제라도 찾아올 그 사랑을 위해

그
우리해
잘
있었오
르를

언제
나를
드르

어제
처럼
도

그냥
한가네

푸를
르도
울르

소
나무는
울

다짐

나는
받고 싶은 것이
참 많습니다

배려
존중
사랑

그래서
나는
먼저 주기로 했습니다

사랑
존중
배려

나비

그 알은 몰랐다
자신이 날아오를 수 있는 나비가 된다는 것을

그 애벌레는 몰랐다
자신이 아름다운 나비가 된다는 것을

그 번데기는 몰랐다
자신이 자유로운 나비가 된다는 것을

그 때의 그 알은
보이지 않는 곳에서 살기 위해 숨죽였다

그 때의 그 애벌레는
시선의 서러움을 온몸으로 꿈틀거렸다

그 때의 그 번데기는
빛이 사라진 어두움 속에서 고독을 노래했다

오직 찬란한 날갯짓을 위해

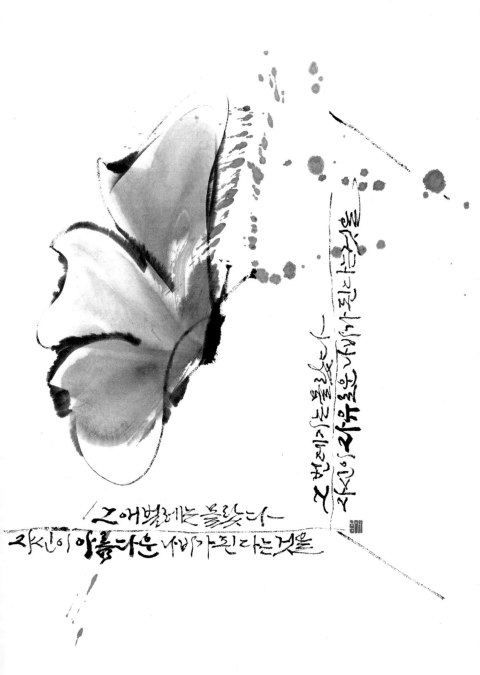

그때부터 슬픈 느낌이 든다

그 애벌레는 몰랐다
자신이 아름다운 나비가 된다는 것을

마음이 늙지 않게 하소서

새날을 만나고 설렘 가득한 사랑을 하게 하소서

새봄을 만나고 다시 시작할 수 있는 용기를 주소서

새싹을 만나고 나무가 되는 꿈을 꾸게 하소서

나이 든다는 이유로

마음이 늙지 않게 하소서

새 싹을
만나고
나무가 되는
꿈을 꾸게
하소서

성장통

바람 한 자락 스치면
나무가 운다

낙엽이 뚝 뚝

가을비라도 내리면
괜스레 더 서글피 운다

낙엽이 우수수 우수수

그렇게
가을이 깊어가고 있다

그렇게 살고 싶고 가고 싶다

이번 시험에 합격할 줄 알았지
이번 여행에 행복할 줄 알았지
이번 면접에 취업할 줄 알았지
이번 연애에 결혼할 줄 알았지
이번 사업에 성공할 줄 알았지

삶이 계획대로 직선으로만 가지 않네
삶은 때때로 곡선으로 흐르네

그 곡선의 깊이에서
걷고 있는 길을 돌아보네

그 곡선의 깊이에서
누구도 가르쳐주지 못한 지혜를 배우네

그 곡선의 깊이에서
나를 찾는 쉼을 가져보네

삶이 아름다운 곡선을 그리네

삶이흘러가는포선이다

숲

나무들의 꿈이 자란다
새들의 꿈이 자란다

서로가
서로를
기대고

나무들의 꿈이 자란다
새들의 꿈이 자란다

서로가
서로를
손잡고

나무들의 꿈이 자란다
새들의 꿈이 자란다

서로가
서로를
보듬고

서로의 숲에서
서로의 꿈이 자란다

서울의숲에서서로의꿈이자란다

꿈일까 사랑일까

눈을 뜨면
만나고 싶은 꿈이 있습니다

눈을 감으면
더욱 선명해지는 꿈이 있습니다

사랑일까 꿈일까
꿈일까 사랑일까

눈을 감으면 더욱선명해지는 꿈이 잇습니다

존중

키 작은 꼬마 아이가
횡단보도를 건너고 있다

그 아이는
횡단보도를 평범하게 건너지 않았다
목표가 있었다
첫발을 디딜 때부터 마지막 발을 디딜 때까지
횡단보도의 하얀 칸을 밟고 건너는 것이다

키 작은 꼬마 아이는
자신의 발이 하얀색 칸에 닿을 수 있도록
있는 힘을 다해 발끝에 집중한다

그때 그 아이에게는
중요한 도전이고 기쁨의 성취다

다른 사람들에게는 중요하지 않지만
나에게는 중요한 일들이 있는 법이다

당신책

오늘도
당신책을 읽습니다

당신의
열정 페이지에
온 마음으로 응원을 보냅니다

당신의
수고 페이지에
잔잔한 감동을 느낍니다

당신의
걱정 페이지에
조용히 눈을 감고 기도합니다

당신의
아픔 페이지에
두 뺨을 타고 눈물이 흐릅니다

내일도

당신책을 읽고 싶습니다

내일은

당신의 사랑 페이지를

읽고 싶습니다

희망

허수아비가 참새를 기다리고 있다
등대가 오징어 배를 기다리고 있다
달이 별을 기다리고 있다

.

.

.

나는 너를 기다리고 있다

별이 별을 기다리고 있다

나는 너를 기다리고 있다

들꽃

꺾지 마라

그 이름 모를지라도

혼신의 힘을 쏟아낸 사랑이라

밟지 마라

그 모습 작을지라도

지난한 시간 속에 피워낸 행복이라

찬양하라

아름다운 들꽃이여

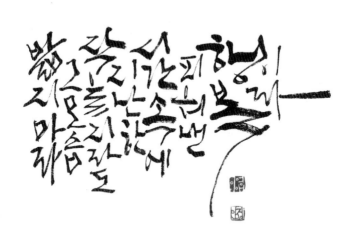

없지마라습도 그오늘을지질돌 새기가는소나진것 되니맨 행복이보래

소풍

소풍날을 기다리며
마음이 분주하다

어떤 옷을 입고 갈까
어떤 신발을 신고 갈까

소풍날을 기다리며
잠이 오지 않는다

오늘따라 밤하늘 별빛이 희미하다
비가 올까 걱정이다

소풍날을 기다리며
이렇게 설레이고 있다

그 사랑을 기다리며
이렇게 설레이고 있다

봄

너를 봄이 봄이다
내겐

카페라떼

주문하신 카페라떼가 나왔습니다

넘실넘실 커피잔 위
하얀 하트 흐트러질까
조심스레 테이블 위에 올려 놓는다
천천히 입으로 가져와
한 모금을 마신다
서서히 하얀 하트는
내 안으로 빠져든다

카페라떼를 마시면
내 마음에도 사랑이 올까요?
.

.

.

주문하신 사랑이 도착했습니다

카페라떼를
마시면
내마음에도
사랑이
올까요?

이
치

2

꽃씨를 심어야
꽃이 피어납니다

경험을 심어야
지혜가 피어납니다

희생을 심어야
사랑이 피어납니다

용서를 심어야
자유가 피어납니다

피어나기 위해서는
심는 것이 먼저입니다

피어날 나를 위해
오늘 그 무엇을 심고 싶다

자유가 피어납니다

용서를 삼아야

피어나기 위해서는

심는 것이 먼저입니다

모든 문 안에 행운은 있다

엄마문에서
하늘문까지
얼마나 많은 문을 만나게 될지는
나는 모르겠습니다

만남의 문
배움의 문
사랑의 문
이별의 문
.
.
.

얼마나 많은 문 안으로 들어가게 될지는
나는 모르겠습니다

지금까지 만난 수많은 문 안에서
행운을 알아차리지 못한 것이
못내 아쉬운 마음입니다

이제는
모든 문 안에서 행운을 말하는
내가 되기를 소망합니다

운을 말한다 새가 되기를 소망합니다

못한 꿈이 못내 아쉬운 마음입니다 이제는 모든 문 안에서 행

습니다 지금까지 만난 수많은 문 안에서 행운을 알아차리지

의 문 얼마나 많은 문들에 가게 될지는 난 모를

나는 모르겠습니다 만 남은 문 배움의 문 사랑의 문 이별

엄마 문에서 하늘 문 까지 얼마나 많은 문을 만나게 될지는

마침표

시작하라

마침표를 찍는 것은 시작하기 위함이다

완벽에 의한 마침표는 없다

언제나 미완의 마침표만 있을 뿐이다

마침표 찍는 것을 주저하지 마라

한 편의 글도 마침표를 찍어야 새로운 글이 시작된다

마침표는 끝이 아닌 또 다른 이야기의 시작이다

시작의 희망을 노래하라

그 믿음직이 시작의 희망을 노래하라

이 새로운 그믐이 시작되다 마침표는 끝이 아닌 또 다른

마침표란 것 ...주 한편의 글도 마침표를 찍

위한 마침표는 없다 인제나 마침표를만 있을 뿐이며

시작하라 마침표를 찍는 것은 시작하기 위함이다 완벽에

고마워 너라서

1판 1쇄 인쇄 2024년 11월 15일
1판 1쇄 발행 2024년 11월 20일

발행인 김영대
펴낸 곳 대경북스
등록번호 제 1-1003호
주소 서울시 강동구 천중로42길 45(길동 379-15) 2F
전화 (02)485-1988, 485-2586~87
팩스 (02)485-1488
홈페이지 http://www.dkbooks.co.kr
e-mail dkbooks@chol.com

ISBN 979-11-7168-063-4 03810